AF313138

MÉMOIRE

Sur la possibilité de substituer le Belier hydraulique à l'ancienne Machine de Marly;

Par M. J.[eph] MONTGOLFIER, membre de l'Institut, Administrateur du Conservatoire des Arts et Métiers.

DEPUIS long-temps on cherche une machine capable de remplacer celle de Marly ; je crois que le belier hydraulique est la plus convenable ; c'est ce que je vais essayer de démontrer.

I.

CONDITIONS DE LA MEILLEURE MACHINE.

§. 1.er *Ce que c'est qu'une Machine.*

UNE machine n'est jamais qu'un instrument propre à appliquer une quantité de force donnée à la production d'un effet. Si cet instrument était parfait, la force utilisée par la machine serait égale à celle qu'on lui aurait confiée ; mais les machines destinées à utiliser la force de l'eau en mouvement, sont bien éloignées de la perfection, et elles font généralement une distraction inutile, très-considérable de la force qu'on leur confie ; de sorte que, pour obtenir l'effet que l'on desire, on est obligé de développer une quantité de force beaucoup plus grande que celle dont elles auraient réellement besoin.

§. 2. *De la Force, son expression.*

LA force est susceptible d'évaluation numérique, et on en a des effets constans qui peuvent toujours la mesurer.

Trois de ces effets les mieux connus, sont le mouvement des corps dans le sens vertical, leur mouvement dans le sens horizontal, et la tension des ressorts.

XIV.[e] Cahier. O o

La force dont on a à disposer pour la machine de Marly, se présente sous la forme d'une grande masse d'eau, qui tombe d'une certaine hauteur; ainsi ce sera cet effet que je prendrai constamment pour mesure de la force; son expression sera toujours pour moi le produit d'une masse par la hauteur qu'elle parcourt, soit en montant, soit en descendant: je prendrai pour unité de force celle nécessaire pour élever 1000 kilogrammes, ou un mètre cube d'eau, à un mètre de hauteur, c'est-à-dire, environ $\frac{1}{112}$ de la force de la journée d'un homme.

§. 3. *La Force a un prix.*

Nos besoins exigent un emploi continuel de force : celle dont nous sommes doués est peu considérable, et elle serait bientôt épuisée, si nous étions obligés de suffire nous-mêmes à tous nos besoins ; mais heureusement la nature en a été prodigue, et notre industrie a su s'en emparer là où elle l'a trouvée à sa portée. Les animaux, les rivières, les vents et le feu sont des sources intarissables de force, où nous allons puiser toute celle dont nous avons besoin ; ainsi la force ne devrait pas avoir plus de prix pour nous que l'air et la lumière ; mais elle ne se trouve pas par-tout en assez grande quantité pour suffire à un grand nombre d'hommes accumulés, ou elle ne s'offre pas de manière à être facilement employée : elle doit donc être rare pour eux, et avoir un prix dans quelques circonstances : ce prix est évidemment proportionné au besoin qu'on aura de la force, et à la difficulté que l'on trouve à en aller chercher ailleurs dans un lieu plus isolé. La force est donc une marchandise comme toutes les autres choses nécessaires à la vie, et nulle part elle ne doit être plus précieuse qu'à Paris, où il s'en trouve peu naturellement.

La force de moindre prix est celle de l'eau courante que l'on emploie à moudre le grain ; il paraît que celle exigée pour la mouture d'un setier de blé vaut à-peu-près $\frac{1}{4}$ du prix total de cette opération, c'est-à-dire $\frac{1}{4}$ de franc $=$ $0^f,5$, l'expression numérique de cette force est égale à 1250 unités (§. 2), dans le cas des roues en dessus, et à 2500 dans celui des roues en dessous. Si, dans ce dernier cas, 2500 unités de force valent $0^f,5$, 1000 valent $0^f,2$.

§. 4. *Valeur de la chute d'eau de Marly.*

ON verra à l'article II, que la chute d'eau de Marly donne communément plus de 7.776.000 unités de force par jour; et comme on ne peut y appliquer que des roues en dessous, cette force n'est capable de moudre que $\frac{7776000}{2500} = 3110$ setiers de blé par jour, c'est-à-dire environ ce que la ville de Paris toute entière en peut consommer. Si la force de la mouture d'un setier de blé vaut $0^f,5$, il est évident que la force de la chute de Marly vaut $3110 \times 0,5 = 1555$ francs par jour, ou environ 550,000 francs par an, dont le capital à 5 pour cent $= 11,000,000$ francs.

Pour donner une idée du prix de la force, j'ai choisi son emploi le moins cher, la mouture du grain; mais on pense bien que, près d'une grande ville comme Paris, il y a une infinité d'applications plus productives d'une chute d'eau; cependant, à cause du travail qu'il y aurait à faire pour utiliser la chute d'eau de Marly, je consens à en réduire la valeur presqu'à moitié, et par conséquent de ne la prendre que pour un capital de 6,000,000 francs, pouvant donner un revenu net de 300,000 francs.

Tout le monde sait combien la force peut avoir de prix pour une nation industrieuse : qu'on ouvre les yeux sur l'Angleterre, et l'on verra par-tout les travaux les plus immenses entrepris pour s'en procurer à bas prix; on verra des machines à feu s'élever, et donner naissance à deux grandes villes, à Manchester et Birmingham. Après de pareils exemples, voudra-t-on continuer de rendre tout-à-fait inutile pour l'industrie parisienne une aussi immense force que celle de la chute d'eau de Marly, qui se trouve égaler celle de 70,000 hommes environ?

Je crois avoir mis hors de doute que la force est une chose précieuse qu'il faut économiser. Quant au prix principal de construction et à celui d'entretien d'une machine, il est évident que le moindre est le meilleur; ainsi le problème de la meilleure machine consiste réellement à trouver celle qui remplira le but que l'on se propose avec *la moindre action*, c'est-à-dire, *la moindre mise capitale, soit en force, soit en argent.*

I I.

VALEUR DES ANCIENNES MACHINES HYDRAULIQUES À ROUES ET À POMPES.

§. 1.er *Complication des anciennes Machines.*

ÉLEVER de l'eau a été de tous temps un problème dont la meilleure solution a beaucoup inquiété les mécaniciens; ce qu'ils ont fait est bien peu satisfaisant, et les machines hydrauliques sont, en général, des instrumens très-chers et peu productifs.

J'aurais beaucoup de peine à citer quelques observations bien faites sur des machines hydrauliques destinées à profiter d'une chute d'eau; seulement j'ai recueilli de beaucoup de données éparses, que les meilleures machines à roues et à pompes ne rendaient pas $\frac{1}{10}$ de la force qu'on leur confiait : j'ignore s'il en existe dont le produit réel surpasse celui que j'indique; mais cela ne pourrait avoir lieu que dans des positions très-différentes de celle de Marly, et avec des soins excessifs et très-coûteux.

Il faut remarquer qu'on ne peut appliquer à la chute d'eau de Marly que des roues en dessous, et que, d'après l'expérience *(voyez* les Expériences de *Smeathon)*, les meilleures roues de ce genre ne peuvent donner à leur axe que $\frac{3}{10}$ de la force qu'elles dépensent; ainsi, quand le mouvement de la roue a lieu, il y a déjà $\frac{7}{10}$ de la force échappés à la machine. Si, dans le premier effet intermédiaire, il y a une aussi grande quantité de force mal employée, que l'on imagine ce que peuvent devenir les $\frac{3}{10}$ qui restent, quand ils seront appliqués à des manivelles, à des pistons, &c. qu'il s'agit de mouvoir fort inutilement.

§. 2. *Effet de l'ancienne Machine de Marly.*

MANQUANT de données précises étrangères à la position de Marly, je profiterai de celles que l'on a sur l'ancienne machine, et qui sont d'autant plus certaines, qu'elles ont été fournies par une longue observation, et confirmées par le témoignage de M. *de Prony.*

La rivière fournit à Marly environ 4.800.000 mètres cubes d'eau par vingt-quatre heures ; la hauteur de la chute est de $1^m,62$: la force développée égale donc celle nécessaire pour élever cette masse d'eau à la hauteur de la chute ; elle a pour expression numérique 4.800.000 $\times 1^m,62 = 7.776.000$ unités.

D'après les registres tenus par le contrôleur de la machine, le produit réel était, en 1788, de 61^{po} (le pouce$=19,1$ mètres cubes, $=560$ pieds cubes), ou de 1167 mètres cubes d'eau élevés au sommet de l'aqueduc pendant 24 heures. La force utilisée par la machine égalait donc celle nécessaire pour élever 1167 mètres cubes d'eau à la hauteur de l'aqueduc, $= 1167 \times 155,5$ mètres $= 181.400$; donc la force dépensée par la machine est à celle qu'elle a utilisée : : 7.776.000 : 181.400 : : 1000 : 23.

Ainsi cette célèbre machine, qui a joui d'une si grande réputation aux yeux des gens peu éclairés, perdait presque $\frac{98}{100}$ de la force qui la met en mouvement ; l'effet qu'elle produisait n'était que $\frac{1}{45}$ de ce qu'il pouvait être théoriquement : elle est donc fort mauvaise sous ce point de vue ; mais elle l'est encore davantage sous celui du prix énorme qu'elle a coûté. On semble avoir pris plaisir à dépenser un capital encore plus considérable que celui de la force immense qu'elle devait rendre inutile : on dit qu'elle a coûté beaucoup plus de huit millions monnaie de Louis XIV.

§. 3. *Effet des nouvelles Pompes exécutées à Marly.*

La multitude innombrable des pièces de l'ancienne machine de Marly, a paru la cause principale de ce faible produit, et on a fait plusieurs tentatives pour la simplifier. (*Voyez* le Rapport publié par M. *de Prony*, sur les projets présentés en 1795 pour remplacer l'ancienne machine de Marly.) On a cherché à supprimer les communications de mouvement, et à élever par conséquent d'un seul jet, l'eau de la rivière au sommet de l'aqueduc.

M. *Deparcieux*, qui a tenté ce moyen, n'a pu faire parvenir l'eau que jusqu'au pied de la tour qui termine l'aqueduc. Il paraît que, quand la pression qui chargeait les corps de pompes atteignait un certain point, toute l'eau pressée dans la pompe s'échappait entre l'enveloppe et le piston. On conçoit aisément que pour obtenir un succès de ce genre, il ne fallait pas avoir le talent de M. *Deparcieux*, mais bien celui d'un bon ouvrier qui sache introduire dans la pompe un piston tellement exact, que la pression ne puisse faire suinter l'eau entre le piston et la pompe. Mais quand on aurait réussi à élever d'un seul jet, la machine qui l'aurait fait, l'aurait-elle fait long-temps et avec fruit? M. *Borda* avait aussi tenté cette élévation de l'eau à de grandes hauteurs; et il avait réussi à la porter à 460 pieds d'un seul jet. Il ne faudra pas, sans doute, attribuer ce succès à M. *Borda ;* il faut le regarder comme plus heureux que M. *Deparcieux*. Il a eu le bonheur de rencontrer dans le pays où il s'est trouvé, un ouvrier plus adroit que celui qu'avait employé M. *Deparcieux ;* mais ce talent supérieur d'un ouvrier sur celui d'un autre, pour un succès momentané, ne l'a pas été pour la durée, et M. *Borda* a bientôt renoncé à son succès, qui lui paraissait trop cher, à cause des réparations continuelles qu'exigeaient ses pompes.

On a renouvelé dans ces derniers temps les tentatives de M. *Deparcieux*, et on a été plus heureux que lui : on a porté l'eau au sommet de la tour, dont M. *Deparcieux* n'avait pu atteindre que le pied ; mais ce succès sera-t-il durable, et a-t-on réellement obtenu l'effet que l'on desire? Rappelons-nous qu'il s'agit de faire monter l'eau au sommet de la tour, avec *la moindre action possible ;* voyons donc d'abord quelle a été la dépense de force de la machine nouvelle, et quel a été son produit.

D'après plusieurs observations faites par l'élève ingénieur des ponts et chaussées nommé commissaire à cet effet, il résulte que la masse d'eau dépensée s'est trouvée une fois de 947, quand celle montée était 1, puis elle a augmenté jusqu'à 3300, celle montée restant toujours 1. Puisque les hauteurs de chute et d'ascension sont entre elles comme $1^m,62 : 155^m,5 :: 1 : 95$, il suit que la force donnée par la machine

était 95, quand celle dépensée était 947 ou 3300 : c'est ici un de ces cas
de physique, où, loin de prendre une moyenne entre plusieurs observations, on doit regarder comme constante celle qui donne le moindre
produit. En effet, si la pompe a d'abord donné $\frac{95}{1185}$ ou $\frac{8}{100}$ de la force,
c'est parce qu'elle était bien graissée, parce que le piston, encore tout
neuf, laissait passer peu d'eau entre lui et le corps de pompe ; mais cet
état favorable n'a lieu qu'un instant, et après quelques momens d'action,
le piston formé d'un corps mou a bientôt obéi à l'énorme pression qu'il
supporte pour laisser échapper une grande quantité de l'eau qu'il devait
refouler vers la tour ; de sorte que, pour avoir la même quantité d'eau
élevée, il faut hâter le jeu du piston, et par conséquent lever la vanne
pour dépenser une plus grande quantité d'eau dans le même temps. Or, je
dis que ce dernier état doit être pris pour l'état ordinaire de la machine ;
trop heureux si elle y persiste, car il doit nécessairement aller toujours
en empirant.

§. 4. *Valeur des nouvelles Pompes. La force totale de la rivière ne doit pas
suffire pour élever les 50 pouces d'eau que l'on demande.*

J'AI dit que la force utilisée s'était trouvée dans le rapport de 95
à 3300 ou de 28 à 1000, c'est-à-dire, à-peu-près dans le même
rapport que dans l'ancienne machine, dont je crois avoir fait apprécier
le mérite. Ainsi les nouvelles pompes n'offrent, pour l'emploi de la force,
presqu'aucun avantage sur les anciennes. Loin de là, il est certain que
si les observations que j'ai citées n'avaient pas eu lieu dans le commencement de l'existence de ces pompes, mais bien pendant dix ans,
comme celles que j'ai rapportées sur les produits de l'ancienne machine,
il est certain, dis-je, qu'au lieu de trouver ces nouvelles pompes
capables d'un effet de $\frac{28}{1000}$, on les aurait trouvées moins productives.
Or, l'ancienne machine ne fournissait que 61 pouces d'eau ; donc les
nouvelles pompes, en employant toute la force de la rivière, ne suffi-
raient pas probablement pour élever les 50 pouces d'eau dont on a besoin
à Versailles.

Si l'on perd sur l'emploi de la force dans l'usage de ces nouvelles pompes, on gagnera assurément sur la dépense d'établissement : mais à quelle somme portera-t-on leur entretien, et ne surpassera-t-il pas celui de l'ancienne machine? C'est ce que l'on peut conjecturer sans doute; car, si en élevant d'un seul jet, on épargne tout cet attirail immense de chaînes communiquant le mouvement, et un grand nombre de pompes; en revanche, on donne à supporter à celles que l'on doit employer, une pression destructive beaucoup plus considérable que celle des anciennes.

Je n'ai pas voulu examiner chacun des projets imaginés; je n'ai desiré que de donner une idée de ceux que l'on peut employer, et cela me suffira, parce que les avantages du belier hydraulique sont si grands, par rapport à ceux des autres machines, qu'il est fort inutile de continuer plus long-temps cet examen.

III.

VALEUR DU BELIER HYDRAULIQUE.

LES savans les plus distingués y crurent dès que je l'annonçai; d'autres en doutèrent long-temps : mais plus de deux cents machines en activité sont une preuve assez grande, et on est généralement convaincu. Si l'on avait consulté, sur le produit du belier, *Huyghens, Bernoulli* et tous les géomètres qui ont fait usage du principe de la conservation des forces vives, ils n'auraient pas hésité de porter ce produit très-près du *maximum*. En effet, la pratique confirme que le produit utile et journalier, peut quelquefois être de $\frac{80}{100}$ de la force développée; qu'il est souvent de $\frac{66}{100}$, et jamais moindre de $\frac{50}{100}$ dans les positions les plus défavorables. Tels sont les résultats de plus de cinquante observations faites avec soin en France, en Prusse et en Angleterre. Mais le belier hydraulique est-il capable d'élever de grandes masses d'eau à de grandes hauteurs? Voilà la question aujourd'hui indécise.

Il ne se présente que rarement des occasions d'élever de grandes masses
d'eau

d'eau à de très-grandes hauteurs; il n'y en a pas d'ailleurs qui soit entière-
ment semblable à celle de Marly, ainsi je ne peux répondre que par des
expériences isolées.

Résultats d'expériences sur le Belier hydraulique.

1.º LE plus grand belier exécuté est celui de MM. *Wat* et *Bouleton*,
à Soho en Angleterre : il a un pied de diamètre, et il est mis en
action par une chute d'eau de 3 pieds : il élève l'eau à 28 pieds, et
rend $\frac{64}{100}$ de la force qu'il emploie. M. le comte *de Rumbfort* a vu ce
belier, et je peux d'ailleurs fournir la preuve de son existence, par la
correspondance de MM. *Wat* et *Bouleton.* La dépense *maximum* d'un
orifice d'un pied de diamètre, sous une pression de 3 pieds, est
d'à-peu-près 1660 pouces de fontainier; mais, dans le belier, la dépense n'est que $\frac{1}{10}$ de celle *maximum,* à cause des alternatives. Ainsi le
belier de MM. *Wat* et *Bouleton* ne doit dépenser qu'environ $\frac{1660}{10}$
$= 166$ pouces de fontainier, c'est-à-dire 3170 mètres cubes en vingt-
quatre heures; et puisqu'il rend $\frac{64}{100}$ de la force, il doit élever à 28 pieds
11,8 pouces d'eau, ou 224 mètres cubes en vingt-quatre heures.

2.º Il y a environ six ans que j'ai fait une expérience en présence des
commissaires de l'Institut, où l'on a vu un belier hydraulique de 2 pouces
de diamètre, mis en action par une chute de 10 pieds, vaincre une
pression égale à celle d'une colonne d'eau de 1280 pieds de hauteur.

3.º Un usage continuel de plus de vingt mois, n'a en rien dérangé
un belier hydraulique qui profite d'une chute d'eau de 6 pieds, pour
en élever à 173 pieds. Ce belier est établi chez M. *de Noailles de Poix,*
qui en a donné certificat. (*Voyez* la Lettre du Maire de Lyon, *page 317.*)

Ainsi il est constant, par expérience, que le belier peut élever des
masses d'eau très-considérables; que la hauteur à laquelle il peut la porter,
est au moins de 1280 pieds, et qu'un usage continuel assez long, dans
le cas de la plus grande ascension exécutée utilement, ne l'a pas dérangé.
Mais ces résultats sont donnés par trois expériences, et il s'agit de savoir
si une seule pourrait les réunir; c'est ce qu'un essai peut décider.

XIV.ᵉ Cahier. P p

I V.

BELIER HYDRAULIQUE CAPABLE D'ÉLEVER DE L'EAU DE LA RIVIÈRE DÉ SEINE À L'AQUEDUC DE MARLY.

J'ai desìré que l'exécution de ce belier pût ne laisser aucun doute sur la certitude du succès de la totalité de la machine, et en même temps j'ai voulu ne pas m'écarter sensiblement des expériences faites, pour ne pas même courir de chances dans cet essai, et ne pas entraîner à des dépenses importantes ; en conséquence, ce belier sera à-peu-près semblable à ceux qu'il faudrait exécuter : il n'aura que 1 pied de diamètre, comme celui de MM. *Wat* et *Bouleton :* il ne sera supposé capable que d'élever à l'aqueduc environ 20 mètres cubes d'eau par jour, il sera construit en grande partie avec des tuyaux de fonte de fer qui sont sans utilité à l'ancienne machine, et on le placerait à-peu-près dans la position qu'a indiquée la commission nom.née par S. Ex. le Ministre de l'intérieur, position dans laquelle cet essai ne nuit nullement à l'ancienne machine.

Je donne au belier la forme d'un syphon, afin que ses pièces mobiles soient le plus souvent hors de l'eau, et que l'on puisse les visiter à volonté.

$\S$. 1.er *Description succincte de la Machine* *. (Voy. la Planche.)

CC est une digue qui retient les eaux de la Seine à la hauteur *c′c′ ;* de sorte qu'il y a ordinairement une différence de 1^{m},62 entre l'amont et l'aval *cc ; A* est un radier en maçonnerie et en charpente ; *EM* est une espèce de pyramide tronquée creuse, en fonte de fer, dont la petite base est un carré de 0^{m},33 de côté ; la grande base porte en avant des rainures, dans lesquelles peut glisser une vanne en bois, destinée à fermer à volonté l'ouverture *B.*

FGHI est un tuyau cylindrique en fonte de fer, de 0^{m},33 de

---

* Cette description ne donne de la machine que l'idée nécessaire pour en comprendre la théorie, et elle est fort éloignée de celle qui convient pour l'exécution.

diamètre [1 pied]; il est recourbé en *GF*, et se prolonge d'une manière inclinée à l'horizon, sur une longueur d'environ 50 mètres [150 pieds], à 10 mètres [30 pieds] de *I*; son épaisseur est de o^m,041 [18 lignes], au lieu de o^m,0272 [1 pouce] qu'elle avait eue jusque-là : ce long cylindre porte le nom de *corps de belier*. *f* est un entonnoir, muni d'un robinet, par lequel on peut emplir d'eau le syphon ; c'est ce que l'on nomme *amorcer*. A l'extrémité *I* se trouve la tête de belier ; c'est ici que sont les soupapes, les seules parties mobiles de toute la machine. Cette tête de belier est un parallélipipède dont la base a o^m,33 de côté intérieur, sur 1^m,40 [4^{pi}4^{po}] de longueur; son épaisseur est de o^m,0544 [2 pouces]; le fond et le dessus sont percés de chacun seize trous ; ceux du fond *KK* sont recouverts par autant de soupapes, que je nomme soupapes d'arrêt. La surface des ouvertures nettes qu'elles recouvrent, est égale à 855 centimètres carrés [1 pied circulaire]. Les soupapes sont en cuivre, ajustées sur des cercles de même métal, fixées par des écrous sur le fond de la tête de belier : elles sont habituellement tenues ouvertes par de petits ressorts en spirale, placés le long de leurs tiges ; douze trous du dessus, *IL*, sont fermés par des plaques en fonte de fer, qui laissent passer des tiges vissées en descendant dans l'intérieur de la tête de belier, et destinées à régler le jeu des soupapes d'arrêt. Sur les quatre trous du milieu s'élève une pièce prismatique *JO*, aussi en fonte de fer ; sur l'un de ses côtés est adapté le tuyau d'ascension *QT*, dont le diamètre a o^m,054 [2 pouces], et qui va rejoindre la conduite continuelle existante de la rivière à l'aqueduc. Cette pièce *JO* est le commencement du réservoir d'air *R*.

Les quatre trous qu'elle enceint sont fermés par des plaques de cuivre, portant chacune quatre orifices recouverts de petites soupapes : ces orifices ont environ o^m,0294 de diamètre ; ainsi la surface des seize = o$^{m.car.}$,0107 = $\frac{1}{8}$ de celle d'une section du corps de belier.

Sur la pièce *JO* s'élève un cylindre creux *R*, terminé par un hémisphère ; son diamètre est de o^m,33 [1 pied], et sa hauteur de *J* en *P* est de 2 mètres [6 pieds]: il est formé de deux tuyaux semblables à ceux qui terminent le corps de belier vers la tête, et par conséquent son épaisseur est de $0^m,041$: on pourra le renforcer extérieurement, comme on le desirera, mais cela est inutile.

La tête de belier est fermée en LK par une plaque de fonte de même épaisseur qu'elle.

Sous le fond KK est appliquée une pièce de fonte de fer pyramidale tronquée : elle a $1^m,33$ [4 pieds], sur $0^m,33$ [1 pied] intérieurement en VV; puis elle se rétrécit sur la grande dimension, jusqu'à n'avoir plus que $0^m,50$ [18 pouces], sur 33 centimètres [1 pied] en $V'V'$: sa hauteur est de $0^m,66$ [2 pieds] seulement, et son épaisseur de $0^m,027$ [1 pouce].

U est un tuyau prismatique de fonte de fer, de $0^m,50$ [18 pouces], sur $0^m,33$ [1 pied] ; sa longueur, ainsi que celle de la colonne ascendante EMF, est à déterminer d'après les observations de la hauteur des eaux à la machine de Marly : il suffit qu'elle soit telle, que la tête de belier se trouve le plus souvent d'environ $0^m,66$ [2 pieds] au-dessus des eaux communes de l'amont. Je crois que pour cela sa hauteur totale de Y en JO devra être de $2^m,65$ [8 pieds].

U est terminé dans sa partie inférieure par une pièce analogue à celle EM, mais qui a une ouverture d'au moins $0^m,183$ [1 pied carré, 5], que peut aussi fermer une vanne en bois; elle porte également sur le radier.

A cette idée de l'ensemble de la machine, il faut ajouter celle de trois choses fort utiles à son succès : 1.º une petite soupape r, qui peut s'ouvrir de dehors en dedans, et qui est destinée à introduire, à chaque révolution, une petite quantité d'air sous le diaphragme d'ascension.

2.º Une portion de cet air introduit, reste constamment dans cette position, au moyen de viroles attachées aux orifices d'ascension, qui ne permettent qu'à un excès d'air d'y passer, et il y a ainsi un volume d'air à-peu-près constant, qui forme une espèce de matelas destiné à transmettre aux soupapes d'ascension un mouvement moins brusque.

3.º Enfin il est très-avantageux pour la plus grande solidité de la machine, que les orifices d'ascension soient petits, et dès-lors on court le risque de les voir obstruer par des ordures que l'eau de la rivière charie toujours; en conséquence, je propose de ne pas faire monter à l'aqueduc l'eau qui mettra le belier en action, mais bien de l'eau puisée dans un réservoir où elle aura été filtrée. Ce réservoir ne serait rien autre chose qu'un filtre flottant, d'où le belier lui-même aspirerait l'eau qu'il aurait à monter. Cette opération n'exige absolument qu'un tuyau descendant dans le réservoir d'eau propre , et adapté sous le réservoir d'air à une hausse où l'eau est momentanément logée. J'ai exécuté si simplement cette opé-ration, qu'à peine aperçoit-on quelques pièces extraordinaires au belier simple. L'aspiration a lieu dans la quatrième époque, par le mouvement que j'ai nommé de retour, comme on le verra dans le paragraphe suivant.

§. 2. *Jeu du Belier hydraulique.*

L'histoire d'une révolution de cette machine nous fournira tout ce qui sera nécessaire pour estimer son action pendant la journée entière.

Il y a quatre époques bien distinctes dans une révolution du belier hydraulique : dans la première, les soupapes d'arrêt s'ouvrent, l'eau s'écoule, le belier s'anime, et quand la force est suffisamment accu-mulée, les soupapes se ferment.

Dans la seconde, les soupapes d'arrêt et d'ascension sont fermées; tous les corps élastiques se compriment :

Dans la troisième époque, les soupapes d'ascension s'ouvrent, l'eau s'introduit, la force s'emploie, le belier perd sa vie, et les soupapes se referment.

Enfin, dans la quatrième, les corps élastiques contenus dans le belier, qui s'étaient comprimés à la seconde époque, sont soustraits à cette com-pression , reprennent leur position ordinaire, renvoient l'eau vers sa source, et les soupapes d'arrêt vont s'ouvrir de nouveau.

PREMIÈRE ÉPOQUE.

Les vannes B et Y sont fermées; le corps de belier, sa tête et ses tuyaux de dépense U pleins d'eau ; les soupapes d'arrêt ouvertes, et celles d'ascension fermées ; tout est en repos. Si l'on ouvre les vannes, il s'établira dans l'espèce de syphon que forme ce belier, un courant qui portera les eaux de l'amont à l'aval.

Pression motrice.

La pression motrice sera la différence de niveau entre les eaux supérieures et celles inférieures : elle est ordinairement de $1^m,62$ [5 pieds].

Si la colonne d'eau qui, dans le cylindre U, constitue la pression motrice, obéissait librement à la gravité, sa vîtesse s'accélérerait comme celle de tous les corps, à raison de $9^m,72$ [30 pieds] par seconde. La vîtesse maxime qu'elle pourrait acquérir en tombant de sa hauteur, $1^m,62$ [5 pieds], ne serait que de $5^m,63$ [$17^{pi}3^{po}$] par seconde ; et comme dans le mouvement uniformément accéléré, les temps sont proportionnels aux vîtesses, celui nécessaire à l'acquisition graduelle de cette vîtesse serait $\frac{17.3 \times 1}{30} = 0'',58 \left(\frac{5.63 \times 1}{972} \right) = 0''58$. Mais cette colonne d'eau motrice n'est pas libre ; elle ne peut pas tomber sans entraîner avec elle toute la masse qui remplit le belier depuis E en Y. L'atmosphère oblige l'eau à passer par l'orifice libre B, pour aller remplir le vide que la colonne motrice tend à produire en descendant ; par conséquent le mouvement de celle-ci sera retardé en proportion de la masse inerte qu'elle aura à mettre en mouvement. On démontre cette vérité (aux yeux) pour les corps solides, dans tous les cours de physique, avec la machine d'*Atwood*.

La vîtesse qui s'établira après un certain temps, sera donc à celle qui s'établirait librement pendant le même temps, comme la masse de la colonne motrice est à la masse totale à mettre en mouvement.

J'ai supposé la colonne motrice de $1^m,62$ [5 pieds], et le corps de belier de 50 mètres [150 pieds]. J'aurai donc cette proportion, la vîtesse acquise : $5.63 :: 1.62 : 50 + 1,62 = 51,62$; d'où je tire

$$V = \frac{5.63 \times 1.62}{51.62} = \frac{9.1206}{51.62} = 0^m,177,$$ c'est-à-dire, qu'après $0'',58$, la vîtesse, au lieu d'être $5^m,63\ [17^{pi}5]$, ne sera que de $0^m,177\ [0^{pi}56] = \frac{1}{31}$ de la vîtesse maxime. Il faudra donc un temps trente-une fois plus long pour acquérir cette vîtesse $= 0,58 \times 31 = 17'',98$. Dès-lors, si la vîtesse sous laquelle doivent se fermer les soupapes d'arrêt, était celle maxime que le belier peut acquérir, la première époque d'une révolution de belier durerait $17'',98$; mais, pour la plus grande économie de force, et pour la durée de la machine, il convient de laisser fermer les soupapes d'arrêt sous une vîtesse moindre. La théorie et l'expérience apprennent qu'il est souvent avantageux que cette vîtesse ne soit que de $\frac{1}{3}$ ou $\frac{1}{4}$ de celle maxime. Dans la position particulière de Marly, il convient que cette vîtesse soit le $\frac{1}{4} = 5,63 = 1^m,41 = \frac{17,3}{4} = 4^{pi}3$. Par conséquent il ne faudra pour l'acquisition de cette vîtesse, que $\frac{1}{4}$ du temps nécessaire à l'acquisition de la vîtesse maxime $= \frac{17''98}{4} = 4'',5$.

Ce raisonnement n'est point exact, et je ne l'ai employé que pour faire comprendre facilement que le temps de l'accélération de la vîtesse de l'eau dans le corps de belier devait être plus long que si sa chute était libre. Il faut ajouter une considération importante, c'est que la pression motrice, au lieu d'être constante, comme je l'ai supposé, décroît à mesure que la vîtesse de l'eau augmente : et de là il résulte un problème compliqué, dont la solution serait déplacée dans ce Mémoire. J'y suis parvenu en fractionnant le temps de l'accélération, en parties très-petites, pour chacune desquelles j'ai considéré l'état du mouvement et de la pression. J'ai sans doute commis une erreur par cette méthode, mais elle a été aussi petite que je l'ai voulu ; et je ne me suis arrêté dans la division du temps que quand cette erreur s'est trouvée beaucoup moindre que celle que nos sens peuvent nous faire commettre. J'ai trouvé, ainsi que dans le belier dont il s'agit, que le temps qui serait employé à l'acquisition de la vîtesse, de $1^m,41$, serait de $6'',9$; c'est donc après ce temps de $6'',9$ que se fermeraient les soupapes d'arrêt.

Il pourrait paraître difficile d'avoir des soupapes telles, qu'elles se fermassent seulement sous une vîtesse donnée. Mais une longue expérience a prouvé que des soupapes de la forme de celles qu'on se propose d'employer, étaient très-faciles à régler, et qu'elles se ferment presque exactement au moment le plus favorable. Les soupapes d'arrêt seront donc réglées de manière à se fermer à-peu-près sous la vîtesse $1^m,41$ $[4^{pi}3]$.

DEUXIÈME ÉPOQUE.

DEPUIS le moment où la pression motrice a commencé à agir, jusqu'à celui où les soupapes d'arrêt ont été fermées, il s'est écoulé $6'',9$. A cet instant remarquable, toute la masse d'eau qui forme le corps de belier, est animée de la vîtesse de $1^m,41$ par seconde ; sa manière d'être est de se mouvoir avec cette vîtesse, et nulle puissance imaginable ne peut l'empêcher de le faire, sans lui laisser produire un effet représentatif de la force qui l'anime, et qui, sous quelque forme qu'il se présente, pourra toujours avoir pour expression le produit de la masse en mouvement, par la hauteur génératrice de sa vîtesse ; dans le cas présent, cette hauteur $= 0^m,1016$, la masse du corps de belier $= 4,27$ mètres cubes. La force qui l'anime égale donc $0^m,1016 \times 4,27 = 0,4338$ unités (Art. I, §. 2). C'est ici qu'il faut appliquer le principe de la conservation des forces vives. Il faut se persuader intimement qu'un corps en mouvement a en lui la raison suffisante pour y persister, et qu'il ne peut cesser d'y être, qu'en produisant un effet qui sera lui-même raison suffisante d'une quantité de mouvement égale à la première.

J'ai supposé le belier commençant à jouer, et par conséquent les soupapes d'ascension sans aucune pression ; dans ce cas, il entrerait une quantité d'eau très-considérable dans le réservoir d'air à la première révolution ; mais ce premier effet n'est pas l'important ; nul doute que le belier ne puisse faire monter l'eau aux hauteurs inférieures ; c'est quand elle sera arrivée à la plus grande hauteur, qu'il faut observer son action.

action. Ainsi je supposerai maintenant que le tuyau d'ascension est plein jusqu'à l'aqueduc.

Revenons à la considération de la masse d'eau du corps de belier qui est en mouvement, et qui ne peut cesser d'y être, qu'en produisant un effet quelconque représentatif de sa force. La première action de cette masse sera de comprimer le matelas d'air qui se trouve sous le diaphragme d'ascension, de distendre les enveloppes, et de se comprimer elle-même, si elle en est susceptible, jusqu'au point où toutes ces compressions seront chacune égale à celle éprouvée par les soupapes d'ascension, qui est de $155^m,5$ d'eau; mais la somme de ces trois effets est, par la construction de la machine, beaucoup au-dessous de la force acquise; la masse d'eau animée continuera donc d'agir.

La durée de cette seconde époque que nous examinons, n'est pas facile à apprécier, parce qu'il faudrait connaître le volume du matelas d'air, dont je n'ai fait qu'indiquer l'existence, l'élasticité de l'enveloppe du corps de belier et celle de l'eau, choses difficiles à bien connaître; mais comme on peut s'assurer, par expérience, que la somme de force employée pendant cette seconde époque n'est pas $\frac{1}{10}$ de celle qui sera employée dans l'époque suivante, on peut dire, en toute assurance, que la durée de la deuxième n'est pas la 100.ᵉ partie de celle de la troisième. Or, on va voir que celle-ci n'est pas de plus de $0''043$; l'autre ne sera donc pas de plus de $0''00043$, temps extrêmement court, que je pourrai négliger.

TROISIÈME ÉPOQUE.

Nous avons dit que la somme des effets produits dans la deuxième époque, n'égalait pas, à beaucoup près, la force acquise, et que par conséquent la masse en mouvement continuait d'agir. La pression éprouvée par la tête de belier, se trouvait égale à celle qui chargeait les soupapes d'ascension; mais tout ce qui constitue cette tête de belier, n'est presque plus susceptible de changer de volume; par conséquent

XIV.ᵉ Cahier.   Q q l'action s'applique à élever les soupapes d'ascension, et à faire entrer dans le réservoir une portion de l'eau en mouvement.

En continuant d'admettre le principe de la conservation des forces vives, il sera facile de déterminer le *maximum* de la quantité d'eau qui peut s'introduire dans le réservoir. En effet, je suis certain que la force de la masse animée, contenue dans le corps de belier au moment où les soupapes d'ascension se lèvent, est un peu moindre que le nombre 0,4338 auquel j'ai fixé son *maximum* (*pag. 304*). Et je remarquerai que pénétrer dans le réservoir, c'est s'élever à 155^{m},5, c'est-à-dire, à la hauteur de la colonne d'eau qui le presse. Par conséquent, en divisant 0,4338 par 155,5, j'aurai le nombre qui représente la quantité de mètres cubes d'eau dont l'élévation à 155,^{m}5 serait un effet égal à la totalité de la force acquise. Cette masse d'eau égale 0$^{m.cub.}$,00280.

Si l'eau entre dans le réservoir, ce ne peut être qu'en vertu d'une pression plus grande que celle qui existe ; et si elle y coulait avec une vîtesse maxime de 1^{m},41 par seconde, ce serait en vertu de la pression génératrice de cette vîtesse, c'est-à-dire, 0^{m},1016. La tête de belier éprouverait donc une surcompression de 0^{m},1016, qui s'ajouterait à celle de 155^{m},5, dont elle était chargée par le seul fait de la communication établie entre elle et le réservoir ; mais, pour que cette surcompression ne fût que de 0^{m},1016, il faudrait que la vîtesse maxime de l'introduction ne fût que de 1^{m},41 ; et, pour cela, il est nécessaire que la surface des orifices d'ascension soit égale à une section du corps de belier ; car la masse d'eau animée doit continuer son mouvement avec la même vîtesse, si elle ne produit pas d'effet. Cependant ces surfaces sont loin d'être égales ; celle des orifices d'ascension est environ huit fois plus petite que celle d'une section du corps de belier; par conséquent la vîtesse initiale sera huit fois plus grande que celle de la masse d'eau du corps de belier $= 8 \times 1^{m},41 = 11^{m},28$ par seconde; et comme les pressions sont entre elles comme les carrés des vîtesses, la pression génératrice de cette vîtesse octuple sera 64 fois plus grande que celle de la première vîtesse ; elle égalera $0,1016 \times 64 = 6^{m},50$. Telle est la surcompression réelle qu'éprouve la tête de belier , par le fait de la contraction des orifices.

A cette surcompression , il faut encore ajouter celle qui résulte de l'inertie des soupapes d'ascension, qu'il faut élever dans un temps excessivement court, qui souvent n'excède pas $\frac{1}{300}$ de seconde. Cette inertie étant proportionnelle à la masse des soupapes, il est avantageux de les faire très-légères. Dans le belier que nous projetons, elles seront telles que la surcompression qui leur sera due n'excédera pas celle de 3 mètres d'eau.

Ainsi la pression totale éprouvée par la tête de belier, sera 155 + 6,5 + 3 = 164^m,5. Voilà donc à quoi se réduit tout l'effort de chaque révolution du belier. En effet, c'est bien depuis le moment de la clôture de la soupape d'arrêt , jusqu'à celui de l'ouverture de la soupape d'ascension, qu'a lieu ce que l'on a nommé mal-à-propos *le coup de belier,* et qui n'est, comme on voit, qu'une pression variable , mais bien déterminée et non pas infinie, et à laquelle on voit bien qu'il est possible d'assigner une durée variable suivant les circonstances. Or, si l'on admet, d'après l'expérience, que des tubes de fonte de fer d'une épaisseur convenable, peuvent supporter une pression continue de 155^m,5 , pourra-t-on refuser de croire qu'en augmentant l'épaisseur de ces tubes, d'une quantité proportionnelle à la surcompression qu'ils doivent éprouver, de $\frac{1}{15}$, par exemple, ils ne puissent résister à la pression totale de 164^m,5 , pendant un temps moindre de $\frac{1}{1000}$ de seconde? Assurément, les tuyaux de l'ancienne machine de Marly étaient beaucoup plus fatigués , quoique servant seulement à la conduite des eaux , qu'ils ne le seraient sous la forme de belier. C'est ce que je vais démontrer clairement.

Lorsque les pompes avaient donné à toute la masse d'eau contenue dans les tuyaux une certaine vîtesse , elles cessaient d'agir et l'abandonnaient à sa propre force. Cette masse d'eau , d'environ 500 mètres de longueur, continuait à se mouvoir, à s'élever jusqu'à ce que sa force acquise fût employée : elle avait fait derrière elle un vide où elle retombait, et les tuyaux, qui sont *les mêmes* que ceux que je propose d'employer, éprouvaient à la fin de cette chute une pression incomparablement plus grande que celle de la tête du belier. En effet, la colonne d'eau en mouvement de retour, avait une masse 10 fois plus grande que celle du corps de belier : la hauteur verticale de sa chute était à-peu-près $0,66 = \frac{2}{3}$ de celle que représente la vîtesse du belier. Ainsi la force était presque 7 fois plus considérable que celle qui doit animer le belier; elle était encore augmentée de l'action de l'atmosphère pour remplir le vide qui avait été formé : mais ce n'est pas seulement cette augmentation de force qui rend la pression plus grande. Pour que cette pression ne fût pas plus augmentée, il faudrait qu'à l'extrémité inférieure de la conduite, il y eût, comme dans la tête de belier, un orifice d'échappement ; mais il n'y en a pas, et l'élasticité seule du métal et de l'eau doit employer la force de la masse en mouvement. Il est bon de dire que si cette conduite n'était pas élastique, elle casserait immanquablement, quelle que fût son épaisseur.

Que l'on remarque bien que, dans la détermination de la pression éprouvée par la tête de belier, s'il n'y avait pas eu d'orifice d'ascension, et ne connaissant pas d'ailleurs l'élasticité des tuyaux, je n'aurais pu assigner la quantité de cette pression, tant elle aurait été grande. Or, c'est le cas des anciennes conduites de Marly ; donc il est vrai de dire que *depuis plus de cent ans elles ont éprouvé journellement une pression incomparablement plus grande que celle de 164,5 mètres d'eau que doit supporter la tête de belier; donc le coup de belier, qui paraît si terrible, est presque infiniment moindre que les coups éprouvés par les tuyaux de l'ancienne machine.*

Au surplus, cette vérité se trouve énoncée presque dans les mêmes termes par M. *de Prony* (Rapports sur les différens projets, &c.); il dit « qu'à chaque coup de piston il se manifeste une force vive, qui agit sur » les tuyaux avec une énergie incomparablement plus grande que la » pression simple; on voit, ajoute-t-il, l'effet de cette force dans plusieurs » tuyaux, qui éprouvent à chaque coup de piston une trépidation très- » sensible » ; ainsi *il est évident que les coups de piston étaient beaucoup plus redoutables que ne le seraient les coups de belier.*

Je citerai encore, à l'appui de cette vérité, l'expérience où la hauteur d'ascension pour le belier était de 1280 pieds, et où la tête de belier, qui n'était que de faible laiton , n'a éprouvé aucun accident. Il me paraît que, d'après ces réflexions, il n'est pas douteux qu'en donnant à la tête de belier une épaisseur plus grande que celle des anciennes conduites de Marly, toutes les inquiétudes qu'on pourrait avoir sur sa solidité doivent être dissipées.

Reprenons la suite de l'histoire du jeu de la machine. Nous avons vu l'eau pénétrer dans le réservoir avec une vîtesse maxime plus petite que $11^m,28$, finissant par 0 *(pag. 306)*; nous avons déterminé que le *maximum* d'eau qui pouvait y pénétrer, est de $0^{m.cub.}028$. Il doit être très-facile de fixer la durée de cette introduction.

En effet, dire que la force qui anime le corps de belier, est au plus capable d'introduire dans le réservoir $0^{m.cub.}028$, c'est dire qu'après cet effet, elle sera toute entière employée, c'est dire que le corps de belier aura perdu tout mouvement , et que par conséquent, de sa vîtesse maxime $1^m,41$, il aura passé à celle 0 ; s'il était libre, et qu'en s'élevant verticalement, il passât ainsi de la vîtesse $1^m,41$ à 0, il emploierait un temps qui serait à $1''$: : $1,41 : 9,807$. Ce temps égale $\frac{1,41}{9,807} = 0,144$; mais , au lieu de s'élever librement, et de lutter contre sa seule gravité, il est obligé de vaincre en outre une pression égale à 165 mètres d'eau, tandis que sa masse n'a que 50^m de longueur, c'est-à-dire, que cette pression $\frac{165}{50}$ $= 3^{fois},3$ plus grande que sa propre pesanteur; il est donc dans le même cas que s'il était dans une planète où la gravité serait $3^{fois},3$ plus considérable : mais là il perdrait sa vîtesse dans un temps $3,3$ fois moindre ; donc il la perdra également dans un temps aussi court $= \frac{0''.144}{3.3} = 0''043 = \frac{1''}{24}$: Telle est donc la courte durée de cette troisième époque , dans laquelle s'est faite l'application entière de la force à l'objet qu'on avait pour but.

QUATRIÈME ÉPOQUE.

QUAND le corps de belier aura ainsi perdu sa force, la pression éprouvée par l'air contenu dans le réservoir lors de l'entrée de l'eau, étant plus grande que celle qui fait équilibre à la colonne d'eau ascendante, celle-ci devra monter, et l'équilibre se rétablir ; mais, tandis qu'il s'élève au bassin supérieur , à l'aqueduc, une quantité d'eau égale à celle qui a passé sous la soupape d'ascension, et celle - ci s'étant par conséquent refermée, l'enveloppe du corps de belier, le matelas d'air et l'eau, déchargés de la pression qu'ils éprouvaient, auront repris leur premier volume, et par conséquent refoulé le trop d'eau que cette compression leur avait fait admettre vers la source , car les soupapes d'arrêt sont fermées : la masse du corps de belier aura donc pris un mouvement rétrograde qu'elle continuera ; elle tendra par conséquent à faire un vide que l'atmosphère s'empressera de remplir , soit par les soupapes d'arrêt qui se soulèveront, soit par la petite soupape à air. L'aspiration qui aura lieu introduira alors une petite quantité d'air dans la tête de belier ; il ira se réunir au matelas dont j'ai parlé, et l'entretiendra constamment le même : l'excès qui pourra s'y trouver, se plaçant naturellement sous les soupapes d'ascension, servira à leur communiquer le mouvement qu'elles doivent prendre dans la révolution suivante, et il pénétrera le premier dans le réservoir d'ascension, où il ira remplacer celui que la grande compression aura pu faire dissoudre par l'eau, et par conséquent la masse d'air servant de régulateur au mouvement d'ascension de la colonne d'eau, sera toujours la même ou à très-peu de chose près.

La durée du retour du corps de belier vers la source, est aussi difficile à évaluer que celle de la seconde époque, puisqu'elle dépend de l'élasticité des enveloppes, &c. ; mais il est facile d'apercevoir que ce temps doit être beaucoup plus long que celui de la compression des enveloppes, &c. ; parce que la masse du corps de belier, une fois mise en mouvement de retour, le continue jusqu'à ce que son élévation à la source ait épuisé sa force : on peut cependant être persuadé que ce temps ne sera pas plus de cent fois plus grand que celui de cette seconde époque, c'est-à-dire, égal à celui de la troisième, ou de $0''043 = \frac{1}{24}$ de seconde.

Nous sommes arrivés à l'ouverture de la soupape d'arrêt, c'est-à-dire, au commencement d'une seconde révolution en tout semblable à la première. Nous avons déterminé à-peu-près la durée de chaque révolution, voyons maintenant si son effet, répété autant de fois qu'il est possible dans la journée, peut réellement fournir au sommet de l'aqueduc une masse d'eau de 20 mètres cubes par jour.

§. 3. *Effet du Belier.*

N o u s avons vu qu'une révolution avait quatre époques bien distinctes : la durée de la première est de $6'',9$; celle de la seconde est inappréciable ; la troisième et la quatrième sont chacune de $0'',043$; ainsi la durée totale d'une révolution est de $6'',9 + 0,043 \times 2 = 6'',986$: à cause du frottement et de quelques autres causes retardatrices, je la supposerai de $7'',5$. '

Voyons quelle est la dépense de force pour chaque révolution. Le calcul dont j'ai parlé dans le détail de la première époque du jeu du belier, et l'expérience, m'ont appris que la dépense réelle de l'eau par un belier n'est que $\frac{1}{10}$ de ce qu'elle devrait être théoriquement, sans avoir égard à la contraction de la veine fluide, si l'orifice était libre : or, la dépense d'un orifice de $0^m,33$ de diamètre, sous une pression constante de $1^m,62$, serait de $0^{m.cub.},45$ par seconde ; donc, dans le cas de l'application d'un belier convenable à cet orifice, la dépense ne serait que de $0^{m.cub.},045$, et par conséquent, en $7'',5$ de $0,045 \times 7'',5 = 0^{m\;cub.},3375$.

La hauteur de la chute étant de $1^m,62$, la force dépensée dans le même temps sera $0,3375 \times 1^m,62 = 0^{unit.},546$.

La hauteur de l'ascension est de $155^m,5$, par conséquent l'eau montée sera au *maximum* de $\frac{0,546}{155,5} = 0^{m.cub.}0035$.

Ce *maximum* diffère de celui indiqué dans la troisième époque du jeu du belier, parce qu'il est calculé d'après l'user total de la force, tandis que l'autre est déjà affranchi de la plus grande perte de force que fait le belier, qui est celle de l'eau qui s'échappe par les soupapes d'arrêt. Ce serait donc celui-ci qu'il faudrait adopter, s'il ne fallait y faire encore des réductions pour un grand nombre de petites causes trop minutieuses : il sera plus simple d'admettre, d'après l'expérience la moins avantageuse, que le *minimum* de l'eau montée, et par conséquent de la force obtenue, sera $\frac{1}{2}$ du *grand maximum* $0^{m.cub.}0035$; par conséquent l'eau $= \frac{0,0035}{2} = 1^{lit.},75$.

La force sera $\frac{0,0035 \times 155}{2} = 0,273$.

Comme il y a dans vingt-quatre heures 86400 secondes, il se fera 11520 révolutions, et par conséquent on dépensera dans le même temps $11520 \times 0,546 = 6289$ unités de force, et $11520 \times 0,3375 = 3788$ mètres cubes d'eau.

On élevera à l'aqueduc $1,75 \times 11520 = 20160$ litres d'eau, ou $20^{m.cub.}16$: or, je ne me suis proposé que d'élever $19^{m.cub.},1 = 1$ pouce de fontainier; donc le belier que nous avons examiné est réellement capable de l'effet desiré.

V.

IDÉE GÉNÉRALE DE L'EXÉCUTION ENTIÈRE DU BELIER HYDRAULIQUE
À MARLY.

COMME il n'y a pour moi et pour tous ceux qui connaîtront bien la théorie du belier hydraulique, aucune raison valable qui puisse s'opposer à ce qu'au lieu de lui donner $0^m,33$ de diamètre, on lui en donne $0^m,40$, j'espère qu'après l'avoir vu réussir dans la première dimension,

on

on ne craindra pas de ne pouvoir atteindre la seconde, et alors, au lieu de 50 beliers qui auraient été nécessaires pour élever les 50 pouces d'eau demandés, il n'en faudra plus que 25, dont chacun éleverait 2 pouces d'eau.

Au lieu de placer ces machines dans le sens du courant de la rivière, comme celle que l'on exécuterait pour essai, il serait plus convenable de leur donner une direction perpendiculaire au courant, de manière que les têtes de belier seraient toutes appuyées contre une maçonnerie établie au pied de la montagne, et que la réunion de leurs tuyaux particuliers d'ascension serait très-facile à pratiquer : ils se rendraient tous à deux conduites continues de 6 pouces de diamètre, qu'on aurait grand soin de recouvrir de terre, afin d'éviter les variations de température, si funestes sur une aussi grande longueur que celle d'environ 1600 mètres. Que l'on examine donc cette nouvelle machine de Marly, composée de 30 tuyaux simples de 1 pied $\frac{1}{4}$ de diamètre, terminés par une pièce un peu différente, et où des masses, presque insensibles dans une si grande machine, sont seules mobiles. Deux conduites souterraines sont suffisantes pour élever toute l'eau dont on a besoin; mais il ne suffit pas d'apercevoir cette grande simplicité qui promet une durée extrêmement longue, il faut encore voir cette machine économe de force ; il faut la voir réserver le trésor considérable qu'offre la chute d'eau de Marly, et appeler l'industrie pour l'en faire profiter.

J'ai déterminé, article IV, §. 3, que le belier d'essai, qui peut faire monter sur la tour plus d'un pouce d'eau, devait dépenser 6289 unités de force : donc pour en élever 50 ou 1000 mètres cubes environ, il faudrait dépenser $6289 \times 50 = 341450$ unités. Je suppose encore, contre l'expérience, que cette dépense aille jusqu'à 376000 unités : or, suivant M. *de Prony*, la chute de Marly en offre moyennement 7,776,000 unités par jour, il en restera donc 7,400,000 unités; c'est-à-dire, que l'effet desiré ne coûtera au plus que $\frac{1}{20}$ de la force dont on a à disposer. Puisque j'ai évalué à 300,000 francs le revenu annuel de la force totale, et que les beliers n'en consomment que $\frac{1}{20}$, il est clair que l'on peut en

XIV.ᵉ Cahier. R r

réserver pour une somme annuelle de 285,000 francs : tel est l'avantage que l'on peut attendre de l'économie de la force.

Celui de la dépense capitale est aussi très-important. Le belier d'essai coûterait environ 20,000 fr. ; mais si on en exécutait tous les beliers de $0^m,40$, il faut porter à 24,000 francs le prix de chacun ; et puisqu'il y en a 25 , il est évident que le prix total de la machine entière serait de 600,000 francs, *somme encore inférieure à la valeur des matériaux de l'ancienne machine.*

Il ne faut pas ajouter à cette dépense celle d'établissement des conduites d'ascension, parce qu'elles existent ; il faut seulement supposer que leur nouvel arrangement pourrait porter le prix total à 700,000 fr.

Quant à la dépense d'entretien ; dans aucune machine, elle n'est moindre que dans le belier hydraulique ; ainsi elle serait très-peu de chose, et une très-petite portion du prix de la force réservée suffirait pour y satisfaire.

V I.

RÉSUMONS maintenant les vérités établies dans ce Mémoire.

1.° J'ai d'abord démontré que la meilleure machine à exécuter à la chute d'eau de Marly, était celle qui éleverait l'eau demandée, en dépensant le moins de force et d'argent, ou, pour mieux dire, qui emploierait à son existence le moindre capital possible, soit en valeur d'argent, soit en valeur de force.

2.° J'ai fait voir l'état déplorable des machines hydrauliques employées à l'élévation de l'eau avant l'invention du belier hydraulique ; on a vu que la machine de Marly ne rendait autrefois que $\frac{1}{45}$ de la force qu'elle absorbait, et qu'elle avait coûté des sommes énormes. Les nouvelles pompes valent peut-être moins sous le point de vue de l'économie de la force, et elles suffiront à peine pour élever l'eau demandée à l'aqueduc de Marly, en employant la force de toute la rivière.

3.° J'ai exposé les nombreuses preuves que l'on a de la valeur du belier hydraulique ; il rend toujours $\frac{1}{2}$ de la force qu'on lui confie.

4.º J'ai décrit un belier dont l'essai doit coûter environ 20,000 fr.

5.º Enfin j'ai donné l'idée des avantages du placement du belier hydraulique à Marly. Si on compare cette nouvelle machine à l'ancienne, ne s'étonnera-t-on pas de leur immense différence, et ne croira-t-on pas que l'hydraulique a réellement reçu un grand perfectionnement ?

CONCLUSIONS.

Si on exécute le belier hydraulique à Marly, le capital employé à son exécution serait,

1.º La mise première, de.................... 700,000^f

2.º Le capital de la diminution de valeur produite sur la chute, que j'ai portée, revenu annuel, à 15,000 fr., et qui serait par conséquent de.................. 300,000.

3.º Le capital d'une diminution analogue pour les frais d'entretien, que je porte au même prix de.......... 300,000.

En tout............................... 1,300,000.

Le capital employé par les nouvelles pompes, serait la mise première que je ne connais guère, mais qui doit excéder.................................. 1,200,000^f

Le capital de l'entretien, qu'on ne peut évaluer, mais qui serait peut-être plus grand que celui de l'ancienne machine, je le supposerai égal, c'est-à-dire, de 65,000 f. dont le capital est............................. 1,300,000.

Il faut encore ajouter le capital entier de la chute d'eau, qui est de.............................. 6,000,000.

Ce qui fait un total de.................. 8,500,000.

Ainsi, avec des machines à roues et à pompes, il faut consacrer à l'élévation de l'eau d'un seul jet ou à plusieurs reprises, un capital de 8,500,000 f., tandis qu'avec le belier il n'en faut qu'un de 1,300,000 f. ;

mais je suppose, contre toutes raisons, qu'on n'attache aucune valeur à la force de la chute d'eau : il n'en sera pas moins vrai, qu'en employant les machines anciennes, on dépensera au moins le double que si on se servait du belier hydraulique ; que pour lui l'entretien est nul, et que pour elles, il faut y attribuer un capital peut-être de plus de 1,300,000 fr. ; enfin que le belier peut réserver le moyen de faire monter sur l'aqueduc une quantité d'eau beaucoup plus grande que celle que l'on desire maintenant. En effet, on pourrait attendre jusqu'à 1000 pouces d'eau du belier, c'est-à-dire, vingt fois plus que des autres machines. Ainsi, sous tous les rapports, c'est le belier hydraulique qui doit être préféré : aux yeux du savant, il est bien la meilleure machine, puisqu'il donne le plus grand effet ; aux yeux de l'administrateur, il est encore la meilleure machine, puisque son existence exige le moins de capitaux, et qu'il les réserve pour un autre emploi : il doit donc être adopté, quand l'essai aura confirmé mes assertions.

Puisque le belier hydraulique n'exige qu'une dépense première moindre de la valeur des matériaux de l'ancienne machine, il suit que la simple volonté du Gouvernement peut lui donner une machine neuve, et lui réserver une force immense qui se perd sans aucun fruit, et que l'industrie réclame.

Après la lecture de ce Mémoire, Son Excellence le Ministre de l'intérieur a ordonné l'exécution du Belier d'essai, et on en connaîtrait déjà les résultats, si la mauvaise saison ne l'avait pas retardée. (Décembre 1807.)

LETTRE *de* M. FAY-SATHONAY, *Maire de Lyon,* *à* M. MONTGOLFIER.

Lyon, 7 octobre 1807.

MONSIEUR,

Si je n'ai pas satisfait plutôt au desir que vous m'avez témoigné de connaître l'effet du belier hydraulique que j'ai fait placer dans ma maison de Fontaine, c'était pour vous donner les détails les plus exacts sur une invention dont la simplicité augmente le mérite : une commission choisie dans le sein de la Société des Arts, a fait sur cette machine un rapport que sa précision m'engage à vous transmettre.

« L'eau de la source équivaut à 6 pouces $\frac{1}{7}$ de pouce de fontainier ;
» elle a 32 pieds 8 pouces de chute ; elle est conduite au belier par un
» tube appelé *coursier*, qui a 100 pieds de long.

» Le tube d'ascension a 700 pieds de long ; il élève l'eau à 108 pieds
» de hauteur : la quantité d'eau dépensée par la source, est de 90 pintes
» par minutes ; celle fournie par le tube d'ascension, est de 18 pintes par
» minute, de 1,080 par heure, et de 25,920 par jour, ce qui équivaut
» à la contenue de 128 tonneaux appelés *Beaujolaises*.

» L'eau obtenue par le belier est exactement le cinquième de celle
» fournie par la source. »

Après vous avoir annoncé un produit aussi important, et dont les propriétaires peuvent recueillir des avantages si précieux, je suis naturellement amené à vous parler de l'emploi de cette machine sur des eaux courantes, telles que celles d'une rivière. Un résultat d'une utilité si générale avait déjà fixé votre attention, et tous les calculs théoriques auxquels vous vous étiez livré, semblaient en assurer le succès ; il ne s'agissait que de réaliser cette espérance par une expérience positive : c'est à cette expérience que j'attache aujourd'hui la plus haute importance, puisque sa réussite m'offrirait les moyens de multiplier dans l'intérieur de la ville les fontaines publiques, et sur-tout de porter les eaux du Rhône sur la montagne de la Croix-Rousse, source de fertilité dont ce territoire est privé.

Comme simple propriétaire, je profite de vos travaux, de vos découvertes en hydraulique ; mais j'attacherais un plus grand prix à en faire jouir mes concitoyens.

Cet avantage serait un nouveau fruit de vos rares connaissances, il vous assurerait à la reconnaissance publique les droits que vous avez à l'estime des savans. Agréez, &c.

CALCUL du Belier hydraulique établi dans la maison de campagne de M. Fay-Sathonay, Maire de Lyon.

LA quantité d'eau dépensée par la source, en une minute, est de 90 pintes (la pinte est de $0^{li}93$); elle tombe de $32^{pi}\frac{2}{3}$: le produit des deux nombres 90 et $32\frac{2}{3}$, donne 2,940 qu'on peut prendre pour la mesure de la force dépensée en une minute : or, dans le même temps, le belier élève 18 pintes d'eau à 108 pieds au-dessus du point le plus bas de la chute d'eau provenant de la source ; donc la mesure de la force utilisée est 1,944, produit des deux nombres 18 et 108 ; ainsi le belier donne 1,944, tandis que la source dépense 2,940 : le rapport de ces deux nombres est, à des millièmes d'unités près, $\frac{66}{100}$. Ce résultat, joint à ceux que j'ai rapportés dans le n.º 2 de la Correspondance de l'École polytechnique, confirme ce qui a été avancé dans le Mémoire précédent, article III, que le produit utile et journalier du belier n'est jamais inférieur aux $\frac{50}{100}$ de la force qui lui est confiée.

(*Note de M.* HACHETTE.)

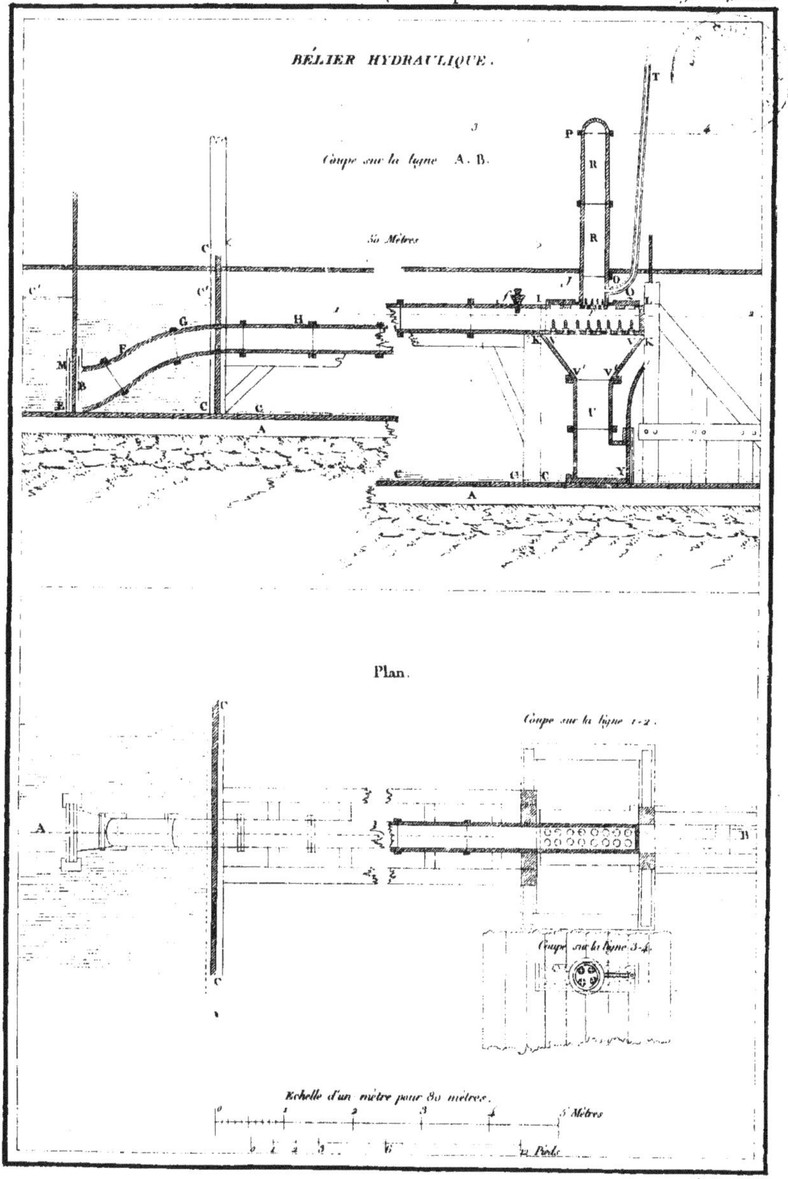

BÉLIER HYDRAULIQUE.
Coupe sur la ligne A. B.
50 Mètres
Plan.
Coupe sur la ligne 1-2.
Coupe sur la ligne 3-4.
Échelle d'un mètre pour 80 mètres.
5 Mètres
24 Pieds